Бурсунсул и Паскуалина

История о двух друзьях

Олеся Тавадзе **Художник: Евгений Иванов**

АМСТЕРДАМ БУДАПЕШТ НЬЮ-ЙОРК

Данная публикация подготовлена Международной ассоциацией
«Step by Step» в рамках проекта «Уголок чтения»

Keizersgracht 62-64
1015 CS Amsterdam
The Netherlands
www.issa.nl

INTERNATIONAL
STEP by STEP
ASSOCIATION

ISBN - 978-1-931854-92-4

PRINTED IN U.S.A.

Международная ассоциация «Step by Step» (ISSA) выступает за качественную заботу и качественное образование для каждого ребенка на основе демократических ценностей, ориентированных на ребенка методов обучения, активного вовлечения родителей и сообщества, а также приверженности идеям многообразия и инклюзии. ISSA работает над выполнением своей цели путем информирования, обучения и оказания поддержки тем, кто оказывает влияние на жизнь детей. В задачи ISSA входит пропаганда эффективных стратегий и политики в области образования, разработка стандартов, внедрение практики работы, основанной на результатах научных исследований и практическом опыте, а также предоставление возможностей для профессионального развития и укрепление международных союзов.

Для получения дальнейшей информации посетите наш Интернет-сайт www.issa.nl.

В одном доме жили две собаки — большая и маленькая. Большая собака была черная. Ее звали Бурсунсул. Маленькая собака была белая. Ее звали Паскуалина.

У Бурсунсула был пушистый черный хвост с большим белым пятном. У Паскуалины был маленький белый хвостик с маленьким черным пятнышком. У Бурсунсула были длинные свисающие уши, а у Паскуалины были маленькие ушки. Эти собаки не походили ни на каких других собак. Может быть, именно поэтому у них и были такие странные имена.

Когда собаки играли, Бурсунсул перепры-гивал через Паскуалину, а Паскуалина про-бегала под Бурсунсулом.

Когда собаки отправлялись в лес, то Бурсунсул прятался за деревьями, а Паскуалина пряталась в траве.

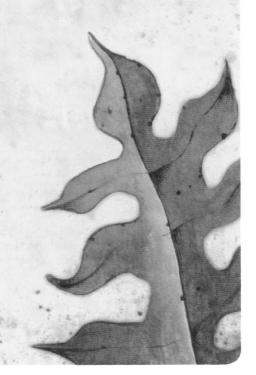

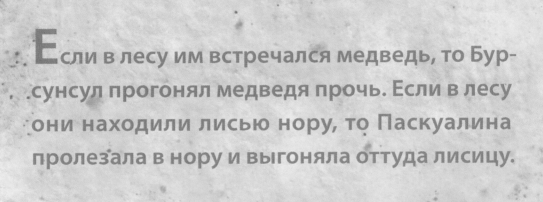

Если в лесу им встречался медведь, то Бур-сунсул прогонял медведя прочь. Если в лесу они находили лисью нору, то Паскуалина пролезала в нору и выгоняла оттуда лисицу.

Ночью Бурсунсул спал на большом разноцветном ковре, а Паскуалина спала рядом с ним на маленькой разноцветной подушке. Когда бывало очень холодно, то собаки прижимались друг к другу и согревали друг друга своим дыханием.

Каждый день Бурсунсул грыз большую кость в своей большой миске, а Паскуалина съедала маленький кусочек мяса из своей маленькой тарелочки. Две собаки были очень хорошими друзьями. Но однажды произошло что-то ужасное.

Паскуалина украла сочную кость из миски Бурсунсула. Бурсунсул удивился. И еще он рассердился. Он укусил Паскуалину за ухо.

Паскуалина скулила и скулила. Ее вой было слышно по всему дому. Бурсунсулу было жалко Паскуалину, но он по-прежнему был сердит. В ту ночь он улегся спать подальше от Паскуалины.

На следующий день Бурсунсул и Паскуалина не играли в траве. Они не пошли в лес.

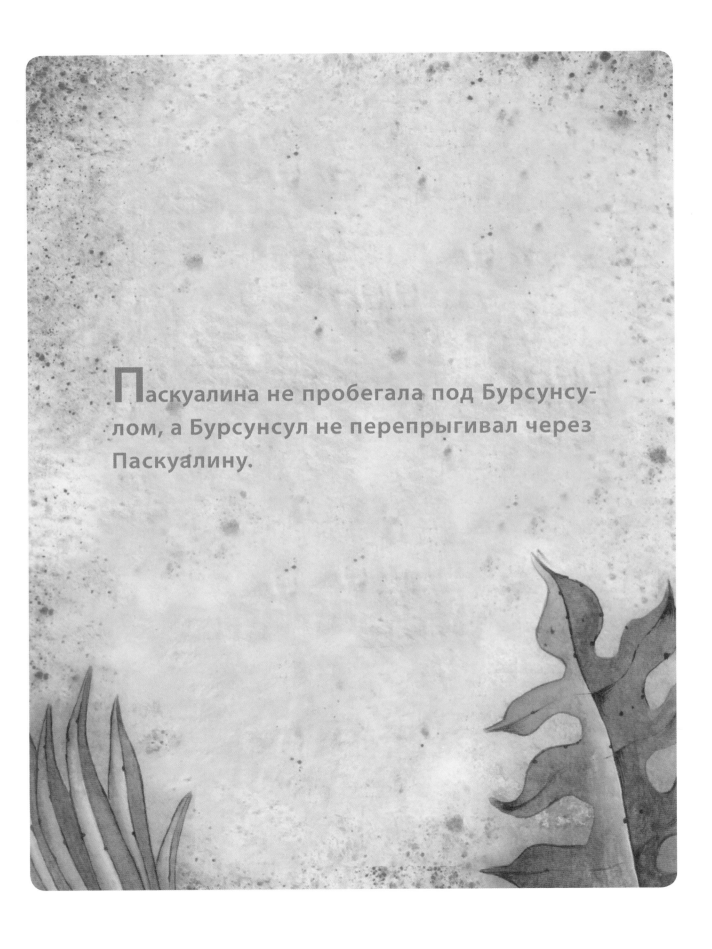

Паскуалина не пробегала под Бурсунсулом, а Бурсунсул не перепрыгивал через Паскуалину.

Как им было грустно!

Вдруг Бурсунсул подвинул свою большую миску с большой костью к Паскуалине. Она довольно завиляла хвостом. Бурсунсул перепрыгнул через Паскуалину и тоже завилял хвостом. Почему? Да потому, что каждой собаке в мире — большой или маленькой, черной или белой, с длинным хвостом или с коротким — нужен друг.

И вот большой черный Бурсунсул и маленькая беленькая Паскуалина снова побежали в лес и целый день играли вместе.

Made in the USA